原振俠

系列
少年版

03
血咒

下

作者：倪匡　　　文字整理：耿啟文　　　繪畫：東東

序

　　回想《衛斯理系列少年版》推出之時，作者倪匡對此大感讚嘆，更樂為之序，後來與他談及改編另一個科幻小說系列《原振俠》，他也笑言喜見其少年版。遺憾倪匡已不能在地球上看見這部作品順利誕生，但願他在某個角落得知，活着的人依然秉承他的心願，繼續推廣其作品，讓更多少年人認識他的創作，好讓這些不朽經典流傳下去。

明報出版社編輯部

目錄

角色介紹

原振俠

溫文、帥氣、聰明的醫生，對神秘事件充滿好奇心。

第十一章

離奇死亡

　　蘇安得知小寶死了，登時雙腿發軟，跪倒地上，抽噎着哭了出來。

　　盛遠天也跪在地上，抱住了他，哭得比他更**傷心**💔！

　　盛夫人縮在屋子一角的一張椅子上，一動也不動。盛遠天仍然不斷地發出哀傷之極的哭聲，那種哭聲感染了屋內每一個人，無不為此**心酸**落淚。

救護車來了之後，醫護人員用擔架將小寶抬出來，那時小寶全身已覆上了白布。蘇安想揭開白布看看，卻被一名警官阻止，蘇安啞聲問：「小姐是怎麼死的？」

那警官嚴肅道：「我們會調查！」

蘇安陪同盛遠天一起到醫院，醫生先安慰盛遠天：「真替你難過。」然後轉過頭向警官說：「死因是氣管內有大量血液造成窒息，但出血原因還要檢驗。」

後來，經法醫判定的死因是咽喉腫瘤破裂，大量出血導致窒息死亡。

小寶的遺體就葬在盛家大宅的後花園。盛遠天足足一個月沒有說過一句話，某天卻突然開口：「蘇安，我要為小寶建立一座圖書館。」

盛遠天說做就做，圖書館的籌備工作馬上展

開，他還請了許多人專門來辦這件事。在圖書館建設工程開始時，兩夫婦就去旅行了。

當二人**旅行**  回來，圖書館已經建成，大堂上留下了一大幅牆，那是盛遠天一早就吩咐設計師留下的。第二天，他就親自督工，把那些 畫像 掛上去。

敘述到這裏，蘇安神情茫然地搖着頭，「所以，我也不知道畫中的嬰孩是誰。」

原振俠皺着眉，忍不住問：「小寶的確死得很突然，但**為什麼**你剛才──」

蘇氏兄弟顯然有同樣的疑問，便接着問下去：「為什麼你説小寶可能是⋯⋯盛先生殺死的？」

蘇安重重地嘆了一口氣，「可能只是我胡思亂想，可是當中的疑點，卻驅使我往那個方向推論。首先，如果小寶出現窒息的情況，為什麼盛先生不立即召救護車來，卻在房間裏不斷發出可怖的聲音？而當盛先生走出來時，夫人為什麼像發了瘋一樣去打他？還有，小寶的咽喉怎會無緣無故大量出血？難道不是受了什麼傷害？」

原振俠立即説：「法醫不是説腫瘤破裂嗎？」

蘇安嘆了一口氣，「或許是。但這個世界上，有很多真相被金錢掩蓋住。」

原振俠雖然不大相信，但蘇安的懷疑也在情理之中，因為這事情實在有太多疑點了。

「以後的情形又怎樣？」原振俠問。

「我心中雖然有這樣的疑惑，但不影響我對盛先生的忠誠，我早已決定一輩子為他工作。後來，盛先生就教我怎麼做生意，還說要把所有財產交給我管理，要我執行他的遺囑。」

「那時他身體不好？得了病嗎？」原振俠自然而然地猜想。

蘇安苦笑，「沒有病，只是愈來愈憂鬱，連夫人也一樣，兩個人經常呆坐着老半天，我勸過他倆很多次，直到有一次，盛先生對我說了一句話，我聽了真是難過極了——」

那時盛遠天正坐在陽台上，望着大海，妻子則坐在陽台另一角，兩人都一動不動。

蘇安忍不住勸道：「盛先生，你總不能一直這樣過日子啊。」

　　這句話看來令盛遠天 **印象** 相當深，他半轉了一下頭，望了蘇安一眼，然後又轉回去望海，「對，不能一直這樣過日子！」

　　蘇安以為盛遠天終於 **醒覺**，心中又是興奮，又是激動，怎料盛遠天用十分緩慢的語調接着説：「我可以根本

不過日子。」

蘇安**大吃一驚**，他本來想勸盛遠天，卻沒料到引得盛遠天說出這樣的話來！

盛遠天嘆了一口氣，「我早就該下定**決心**了。等了那麼多年，結果還不是一樣？白受了那麼多年苦！」

蘇安真的怔住了，雙手亂搖，**氣急敗壞**地説：「算我剛才什麼也沒有説過，什麼也沒有説過！」

自那次起，他再也不敢勸盛遠天了！

原振俠又問：「那後來盛先生是怎麼死的？」

只見蘇安 **哀傷** 地站了起來，走到窗前，指着外面説：「那邊有一間小石屋，你們看到沒有？」

循着蘇安所指看去，在花園一角靠近圍牆的地方，有一間小小的 石屋。

蘇安説：「那天之後，盛先生就吩咐興建一間小石屋。那屋子很古怪，只有一個小小的窗戶，卻有兩根煙囪。」

原振俠早就注意到了，小石屋和整棟宏偉的大宅十分不相稱，看起來就像一座 **巨大** 的爐灶。

蘇安繼續説：「當時誰也不知道盛先生忽然建造這小

石屋有什麼**用處**。建成之後，盛先生不准別人走近，只有我去看過一次，裏面什麼都沒有。接下來的三四天，盛先生和夫人在做什麼，也沒有人明白——他們吩咐我用盡一切辦法，去準備一些東西。」

「**什麼東西？**」眾人迫不及待地問。

蘇安深吸一口氣，説：「首先，他要大量猴子血！」

原振俠和蘇氏兄弟都吃了一驚，蘇安極力保持冷靜地叙述：「然後和夫人一起把猴子的血塗在小石屋的地上、牆上，**到處都是！**」

蘇耀東禁不住道：「我看盛先生的精神已經有點不正常了吧？」

但蘇安搖着頭，「不，我看出他的神情，如同以往叱咤商界時一樣**堅定果斷**，只是我不明白他為什麼這樣做。除了猴子血外，他還叫我……找來七個男人和七個

女人的骷髏頭！」

原振俠和蘇氏兄弟駭異得幾乎跳起。異口同聲問：

**他要這些東西
幹什麼？**

蘇安當時也問了同樣的問題，而盛遠天卻十分**冷靜**，回答道：「你別管，照我的意思去辦，花多少錢都不要緊！」

第十二章

盛遠天之死

盛遠天吩咐的事，蘇安還是照辦。花了一大筆錢，總算湊夠十四個 **骷髏頭**，沒想到接着又要找七隻貓頭鷹和七隻烏鴉。

過了一兩天，蘇安便替盛遠天集齊需要的東西，經窗戶送進石屋中，並問：「先生還有什麼**吩咐**？」

盛遠天的聲音自屋內傳來：「沒有了，記得叫所有人不要走近，一直到明天早上。」

蘇安說着不禁現出**懊喪**的神情來，握着拳，在牀板上重重打了一下，慨嘆道：「我太聽從盛先生的話了，如果我安排僕人多加注意小石屋，可能就不會發生那件事！」

蘇耀東比較**性急**，立即問：「那究竟發生了什麼事？」

蘇安連連嘆息，「第二天一早，我被一陣吵鬧聲弄醒。盛先生喜歡安靜，最怕人發出喧嚷聲來，所以我一聽到有人吵鬧，立刻跳了起來，推開窗，看到有五六個僕人正在**大聲說話**。我喝止他們，他們卻指着那間小石

屋。原來那裏正在**冒煙**！不但煙囪在冒煙，窗口在冒煙，連石塊和石塊的隙縫中也有煙冒出來！」

當時蘇安立即奔出房間，來到盛遠天夫婦的臥室門外，叫了兩聲，沒人回應，急得直接開門，但見門沒有鎖，房間裏亦沒有人。

蘇安登時**遍體生寒**，直奔下樓，不斷問其他人：「看見盛先生沒有？看見盛先生沒有？」

可是每一個人都說沒見到，蘇安拔腿奔向那小石屋，離小石屋還有好幾步遠的時候，一股**灼熱感**已撲面而來。在這樣的情形下，如果有人在內，毫無疑問一定已經燒死了！

蘇安急得團團亂轉，大聲喝問：「通知**消防局**了沒有？」

有人大聲回答：「我們一發現就已經通知了！」

由於盛家的大宅在**深山** ，當消防車來到，已經差不多是半小時以後的事。

消防隊長問清楚石屋中的情況後，搖頭道：「裏面有人？起火多久了？那裏十足焚化爐一樣，只怕連骨頭也燒成灰，什麼都不剩了。」

蘇安全身像是被**冰水**淋過，呆在那裏一動也不動。

又花了超過半小時，火終於完全熄滅，消防隊長立即指揮消防員用**斧頭**劈開門。

雖然火已救熄，但門被劈開後，還是有一股直衝出來，令消防員們大叫一聲，向後退出幾步。

他們又向石屋內射水，屋中有很多焦黑的東西，都是細碎的焦末和灰燼，隨着射進去的水 **流淌** 出來。

石屋內濃煙瀰漫，有一股十分難聞的氣味，令人人都要掩住鼻子。

「盛先生！盛先生！」蘇安一面哭叫着，一面走近屋子，向屋內看去，突然怔了一怔，「先生和夫人不在屋子裏！」

正要 *破涕* 之際，消防隊長指着石屋的一角，聲音低沉，難過地説：「來不及了。」

他指的地方根本沒有什麼，只見地上有一點焦黑的束西，仔細一看，才留意到那幾乎被燒成黑色的牆角，有着兩團較淺的痕迹，看起來詭異恐怖，叫人 **毛髮直豎**！

蘇安身子發抖，聲音也 **顫動** 了：「這……這……」

隊長嘆了一聲，「他們被燒死時，身子是緊靠着這個牆角的，所以在牆上留下了這樣的印記。」

蘇安喉頭發乾，十分 *吃力* 才能勉強説出話來：「那麼……他們的屍體呢？」

隊長指着地上那堆焦黑的東西説：「我看這些就是他們的遺骸了！看來焚燒的 **溫度** 太高，連人體最難燒成灰的骨骼，也燒成灰燼了。」

蘇安實在無法支持下去，腿一軟，就「咕咚」跌倒在地上！

那時蘇安 **難過** 的程度可想而知，可是偏偏又因為盛遠天將所有財產委託給他全權處理，使警方一度懷疑他謀殺盛氏夫婦。幸而後來查明，起火時蘇安正在 *睡覺*，而所有證據都證明盛氏夫婦是自殺的，只是不

明白他們為什麼選擇以這種方式結束生命！

　　他們兩人只剩下那麼一點 👀**骸骨**，蘇安只好收拾起來，用一個金盒子裝住，葬在小寶的墳墓旁邊。

　　蘇氏兄弟也是第一次聽父親講起這件事來，他們互望了一眼，蘇耀西說：「爸，那小石屋是 🔒**鎖**着的吧？鑰匙在哪裏？我們想去看看！」原振俠也有這個意思。

　　蘇安搖頭嘆息，打開了一個抽屜，取出一條鑰匙遞給兒子，「你們去吧，我……實在不想再進去那小石屋了！」

　　蘇耀西接過 🔑**鑰匙**，三人便一起離開蘇安的卧室，前往花園。

　　花園很大，四周又黑又靜，本來就十分陰森，而愈接近小石屋，那種陰森的感覺愈甚。

　　他們鼓起 **勇氣** 來到小石屋門前，由蘇耀西打開門

盛遠天之死

鎖，推開了門。那道鐵門由於生鏽的緣故，被推開時發出令人牙齦發酸的「*吱吱*」聲來，屋內彷彿還有一股焦臭的氣味殘留着。

蘇安剛才的叙述顯然太駭人，使他們都有點精神恍惚，甚至連**照明工具**都忘了帶來。幸好小石屋中有蘇安在事發後裝上的長明燈，不過在昏暗得近乎黃色的燈光下，詭異的氣氛更濃。

一走進小石屋，他們就看到牆角處那淡淡的**人影**，真是怵目驚心之極。

石屋內**空空如也**，實在沒什麼好看。而那種陰沉詭異的氣氛，叫人全身都起雞皮疙瘩，有強烈的嘔吐感。

三人急急退了出來，吁了一口氣。原振俠問：「盛遠天的遺囑之中，一點也沒有提及自己為什麼要生活得如此**詭秘**？」

蘇氏兄弟嘆了一聲，「沒有。」

原振俠分析道：「如果古托是盛遠天……這樣關心的一個人，盛遠天特意要他到**圖書館**來，他又有權閱

讀一到一百號的藏書，那麼這部分藏書之中，可能有十分 **關鍵** 的記載！」

　　蘇耀西「嗯」地一聲説：「大有可能！」

　　原振俠隨即道：「那我們還等什麼？立刻到圖書館去，看看那些藏書吧！」

第十三章

巫術儀式

對於原振俠的提議，蘇耀東立即**反對**：「不行！那些藏書只有持貴賓卡的人有權看，我們不能私下看！」

原振俠悶哼了一聲，「那麼，小寶圖書館發出去的貴賓卡，究竟有多少張？」

蘇耀西坦言，「不瞞你說，其實就只有一張。」

這個答案出乎原振俠**意料**之外，「也就是說，只有古托一個人可以看那些特別藏書？」

蘇氏兄弟點頭，原振俠無奈地說：「那就盡一切可能去找古托吧，希望你們找到他之後，通知我一下！」

原振俠滿腹疑團回到家裏，還做了一夜**亂七八糟**的怪夢——貓頭鷹與烏鴉亂飛，還有一堆骷髏頭滾過來！

第二天醒來，原振俠有點**頭昏腦脹**的感覺，但依然回到醫院工作。直到下午，他接到蘇耀東的電話：「原醫生，找到古托先生了！」

原振俠立即精神一振，「他怎麼樣？」

蘇耀東長嘆了一聲，「趕快來，最好帶備一些可以醒酒的**藥物**，他在黑貓酒吧的後巷裏，地址是——」

古托居然醉倒街頭，原振俠趕到後，與蘇耀東合力把他弄上了車，蘇耀東説：「是一個🔍*私家偵探*找到他的。這裏離我的辦公室比較近，不如先把他送到那邊去，等他酒醒了再説，好不好？」

原振俠**同意**，蘇耀東就吩咐司機開車。

蘇耀東的辦公室仕遠大機構大廈的頂樓。大廈在城市最繁盛的商業區，那是全世界地價最高的地區之一。

蘇耀東的車子駛進了大廈底層的**停車場**🅿🚗，直接停在蘇耀東專用的電梯門口。兩個穿着制服的職員早已在那裏恭候，幫忙扶古托下車，進入電梯。

這棟🏢**大廈**的頂樓全由蘇耀東使用，一邊是辦公室，另一邊是休息室。

兩個職員把古托扶到休息室的牀上，如今除了等他自己醒過來，也沒有別的方法。蘇耀東於是吩咐職員

巫術儀式

寸步不離看顧着古托。

原振俠醫院還有工作在身，而且古托看來沒幾個小時也不會醒來，於是決定先回**醫院**，下班後再來。

蘇耀東也同意，「恰好我們老二也從歐洲回來，你再來的時候，應該能見到他。耀南專門負責外地業務，他的辦公室在巴黎。」

原振俠順口**回應**：

> 很好，那我們晚點再見。

原振俠回醫院工作，再到遠天機構大廈時，已經是**晚上**十點左右了。

他一進入蘇耀東的辦公室，便看到了蘇耀東、蘇耀西，還有一個穿著打扮極**時髦**、體格魁偉的年輕人，一看樣貌就知道他是蘇家的老二蘇耀南。

蘇耀南看來爽直坦誠，一見到原振俠就箭步跨上來，和原振俠握手**打招呼**。

所有人來到休息室那邊，坐在沙發上一面聊天，一面等待古托醒來。

蘇耀南開口道：「聽大哥和三弟說，阿爸講了有關盛先生的事。原醫生，我可以肯定，他們臨死前是在進行一種**巫術儀式**！」

「你怎麼知道？」原振俠問。

「我見過！」蘇耀南繪聲繪影地說：「我見過進行巫術儀式的人，把烏鴉和貓頭鷹的眼……」

蘇耀西連忙向原振俠解釋：「二哥最喜歡**古靈精怪**

巫術儀式

的東西，從小就這樣，他甚至相信煉丹術！」

　　蘇耀南一瞪眼，「你以為我是為了什麼念大學時選擇

化學系  的？」

　　原振俠笑了起來。這三兄弟性格雖然各有不同，但爽

朗則一致，是可以談得來的*朋友*。

　　蘇耀南仍**滔滔不絕**地說着：「男人和女人的骷髏頭，也是巫術中重要的東西。所以我肯定盛先生一定精通巫術，他在臨死之前，用巫術做了一件大事！」

　　「可是巫術尚未施成，自己反倒出了**意外**？」原振俠疑惑道。

 巫術儀式

「不!」蘇耀南的樣子顯得很神秘,「他們的死,正是巫術的一部分,可見他們的意志是何等堅決!」

原振俠愣了一愣,蘇耀南不禁有點洋洋得意,微笑道:「當然這只是我的推測,但盛先生和巫術有着極深的關係,這是顯而易見的,因為自從小寶圖書館創立之後,他特別吩咐要蒐集這方面的書。」

蘇耀西搖着頭,「你說得好像確認巫術真的存在!」

蘇耀南連忙回應:「當然存在,不然怎會有那麼多書籍記載?」

蘇耀西挑戰道:「二哥,你真的相信巫術有神秘力量,可以通過古怪的儀式和莫名其妙的咒語,使一些不可能發生的事發生?你能舉出什麼例子來嗎?」

蘇耀南被他的弟弟問得說不出話。

原振俠這時真想把發生在古托身上的事說出來,但未

得到古托同意之前，他不能隨便暴露人家的**秘密**，於是忍了下來。

蘇耀南大聲道：「我暫時舉不出實際的例子來，但不等於巫術不存在！」

蘇氏兄弟可能從小就爭慣了，蘇耀西立即**反駁**：「二哥，這是詭辯。照你這樣的說法，你也可以說有三頭人、六腳馬的存在，只不過舉不出實際證據來而已！」

蘇耀南被駁得**無言⋯以對**之際，一把微弱的聲音自牀上傳來：「如果有事實存在，就可以證明巫術確有神奇的力量麼？」

原振俠一聽，首先站起來，走到牀邊：「古托，你醒了！」

古托仍然躺着不動，只是**睜開眼來**，「醒了一會兒，聽到你們說起那位盛先生，請原諒我突然插嘴。」

巫術儀式

原振俠向古托逐一**介紹**蘇氏三兄弟。

古托接着問：「我是不是和那位盛先生有關係？」

原振俠吸了一口氣，「不能肯定，但自你進入孤兒院起，一直到你可以在瑞士銀行戶口中隨意取出金錢，這一切都是因為他們三位在**忠實**地執行盛遠天的遺囑。那次你想試一下究竟可以在戶口裏拿多少錢，就把他們害得很慘。」

原振俠把那次遠天機構為了籌措現金的**狼狽**情形約略説了一遍，古托默默地聽着，有點淒然地笑了一下。

原振俠又説：「我相信委託倫敦一位律師在你三十歲**生日** 那天找你，問你一個古怪的問題，並把一件禮物送給你的那個人，也是盛遠天！」

原振俠説的這件事，蘇氏三兄弟都不知道。蘇耀東**着急**地問：「怎麼一回事？」

古托深深地吸一口氣，「我們之間要說的事太多了，請先讓我聽聽關於盛遠天的 一**切**。」

第十四章

迷霧重重

　　蘇氏兄弟把椅子移近牀邊，盡他們所知，把盛遠天的一切告訴古托。

　　古托一直默默地聽，當聽到盛遠天夫婦在石屋中，吩咐蘇安去準備那些古怪東西時，古托**驚呼**一聲：「他們⋯⋯要燒死自己！」

蘇耀南連忙問：「對！你怎麼知道？你也是巫術專家？」古托沒有回答，只是**揮手**  示意繼續講下去。

等到講完了，古托的樣子很難看，口唇不斷顫動，卻沒有發出聲音來。過了好一會才開口：「原醫生，勞煩你代說一下我的事情，好不好？包括我腿上那個洞。」

古托一面說，一面**吃力**地捲起褲腳來，給他們看腿上的那個洞，蘇氏兄弟神情驚疑，等待着原振俠講解。

原振俠於是開始講述有關古托的事，而古托則閉上了眼睛，臉色慘白。

當講到古托腿上那個**怪異傷口**時，蘇氏兄弟聽得目瞪口呆，蘇耀南不斷喃喃地説：「巫術！是巫術！」

蘇耀西依然不大相信巫術的講法，「既然古托先生並無**得罪**任何人，又怎會遭人施什麼巫術？」

這個問題原振俠無法解答，因為連古托自己也想不明白，深受困擾。

當原振俠説完古托的事，蘇耀東立即説：「請阿爸來！古托先生**毫無疑問**是盛先生的兒子，一定是！」

原振俠點頭認同，「對，所有證據都顯示古托很可能是盛先生的兒子，不過古托為什麼會在**孤兒院**長大？這個問題就算請蘇老先生來，仍是解答不了，因為他連盛遠天有這個兒子也不知道。」

「我們不必**猜測**。」蘇耀西説：「圖書館裏只准古托先生閱讀的那些書籍，一定藏着答案！」

古托緩緩道：「我想也是，當那 律師 來找我時，如果我身上沒有什麼怪事發生過，我根本不必知道世上有一間小寶圖書館。但我身上確有怪事發生的話，就會得到那張卡，有權來閱讀 藏書，可見那些書跟我有極大的關係。」

原振俠忍不住**責怪**他：「那你為什麼在我家中不辭而別？本來講好了第二天一早來圖書館的！」

古托苦笑道：「因為那是我人生最後的**希望**了，如果看完那些書也解決不了我身上的問題，一切都完了。所以……我有點害怕……」

「別怕，我深信那些書一定能解開所有謎團。」原振俠扶古托起來。

蘇氏兄弟也幫手攙扶，「古托先生，你是盛先生交託下來要照顧的人，無論你遇到什麼困難，我們一定會盡全力幫助，請放心。」

他們一行人上了一輛七人車，由蘇耀東的私人司機送去小寶圖書館。

車上，蘇耀南忍不住和「同道中人」討論巫術：「古托先生，為什麼你聽到盛先生帶進石屋的東西，就知道他們要燒死自己？」

古托緩緩道：「他們要用自己的生命使一種惡毒的詛咒失效，就必須燒死自己，才能產生那種對抗力量──這是我在一本書上看到的。」

「真是英雄所見略同！」蘇耀南高興地拍了一下

大腿。

蘇耀西卻皺着眉，「我不明白，這是很矛盾的事。再惡毒的咒語，也不過使人**痛苦**得要死，想令這種咒語失效，反倒要兩個人一起主動犧牲生命，還要死得那麼淒慘，根本講不通！」

蘇耀南**冷笑**道：「關於巫術，你不明白的事情太多了！」

車子在圖書館前停下，五個人一起走進去，值夜班的職員看到蘇氏三兄弟在這樣的**時間**🕐同時出現，有點手足無措。

蘇耀西向職員擺了擺手，示意他們不必招呼，就帶着各人來到他的辦公室。

到了辦公室後，他先打開一扇暗門，再用**密碼**加上鑰匙，打開了一個大保險箱。

迷霧重重

人人都以為保險箱打開了之後，就可以看到編號一到一百號的書籍，怎料保險箱內又有一個相當大的金屬盒。

蘇氏兄弟合力把那金屬盒搬出來查看，卻找不到可供打開的地方，只看到一道縫，下面刻着一行字：「開啟本箱，請用第一號貴賓證」。

蘇耀西恍然大悟，「原來那是磁性鑰匙！」

古托立即拿出那張貴賓卡，插進那道縫中，盒蓋果然自動**彈**起了少許，古托伸手一翻，將盒蓋打開。盒裏有一個極淺的間格，上面放着一張紙，紙上整齊地寫着幾行字。蘇氏兄弟一看就認得：「這是盛先生的字！」

原振俠看出那幾行字是西班牙文，內容是：

　　伊里安·古托：

　　　　真希望你看不到我寫的這幾行字。如果不幸看到了，就得準備接受事實，而所有事實全是我親筆寫下來的。當你打開的時候，不論身邊有什麼人，都必須請他離開，單獨閱讀這些資料。孩子，相信我的話，當你看完之後，就知道我為什麼會叫你這樣做。

署名是「盛遠天」，日期算起來正是古托**出生**後一年的事。

古托放下字條，再取出那個間格之後，發現幾本釘得十分整齊的**簿**，每一本有五六厘米厚。

原振俠向蘇氏三兄弟使了一個眼色，三人知道他的意思，蘇耀西便對古托説：「古托先生，我們在外面等你，這裏有洗手間，職員會定時送來**食物**，如果你有什麼需要，只管用對講機通知我們。」

古托像是沒有聽到一樣，雙手緩緩把第一本簿取出來，而原振俠等四人已*悄然*退了出去。

天沒多久就亮了，各人都有自己的工作，蘇氏三兄弟將所有會議改在小寶圖書館裏進行；但原振俠的工作不能改到圖書館去，只好先行離開。

一直到**黃昏**古托才看完，用對講機通知他們。

蘇氏三兄弟立即拋下所有工作，趕到**辦公室**去，看見臉色慘白、雙眼失神的古托，而那個金屬盒已經合上，所有資料自然也在盒內。

古托的聲音聽來十分**疲倦**：「三位，我的確是盛遠天的兒子，是我母親懷孕後，夫婦二人一起到巴拿馬生下我的。這就是他們那次旅行的目的。」

蘇氏三兄弟互望着，一時之間不知說什麼才好。

古托把桌上的一份**文件**拿起來，交給蘇氏兄弟，文件上清楚寫着：

伊里安・古托有權處置遠天機構
所有事務。

盛遠天

古托説：「我不想改變什麼，遠天機構一切照常，請你們繼續全權管理。」

蘇耀南連忙問：「古托先生，發生在你身上的那些怪事——」

古托揮了揮手，「如果事情可以解決，我會告訴你們，如果不能解決，我看也不必説了。請替我準備車子，叫人搬這個盒上車，我現在要去找原振俠。」

三人馬上照辦，蘇耀東召喚司機，蘇耀西吩咐職員搬東西，蘇耀南則打電話通知原振俠。

原振俠剛回到宿舍，就收到蘇耀南的電話，然後等了沒多久，古托就來到了，還有兩名職員幫他把金屬盒搬過來。

古托對原振俠説：「我需要你幫助，但你必須了解整件事的經過，所以——」

第十五章

兩名職員把金屬盒搬進原振俠的住所後，便匆匆離開了。

古托一進屋內，就打開盒蓋説：「東西全在裏面，我只取走了一張遺囑交給蘇氏三兄弟。如果你不介意的話，我想借用你的浴室和房間，好好休息一下。我估計你看這些內容，需要許多個小時。」

原振俠點了點頭，已迫不及待取出盒內的資料，翻閱

起來。

　　所謂「編號一到一百號」的書籍，只是一個*掩飾*。

那盒子中只有幾本簿，全是盛遠天手寫下來，可以説是他

的傳記，也可以説是他的日記。

除去不相干的內容，以下就是那些記載的摘要：

我叫盛遠天，當你看到這些文字時，我早已死了。

人人都稱我為神秘富豪，但其實我出身貧窮，自小喪父喪母，十歲前都是流落在窮鄉僻壤的一個小乞丐。

到了十歲那年，一個人認作是我的堂伯，收留了我，更帶我到美國去。他是一個強壯而脾氣暴躁的人，帶同我到美國打工的目的，大概是覺得自己沒知識，難出頭，所以想培育我將來報答他。

我在美國由十歲住到二十二歲，那是痛苦不堪的十二年，在學校受盡同學欺負，在家中捱着堂伯毒打。

中學畢業後，我在一家工廠找到了一份低級職員的工作，堂伯就開始靠我供養他，他酗酒的惡習也愈來愈嚴重，脾氣變得更壞。

在二十二歲那年，我決定離開他，向南方逃走。

異鄉奇逢

由於我**刻苦耐勞**，一路上倒不愁沒有工作。當然全是低下階層的工作，我在肯塔基種過煙草，在阿拉巴馬搬運棉花，也在密西西比河的小貨輪上當水手，這樣混了五年。

到了我二十七歲那年，一個偶然的機緣，使我又走上了另一條道路——人生真是**變幻莫測**！

事情在一間小餐館開始。

這間小餐館品流複雜，但因為價格便宜，而且很晚才打烊，所以很適合經常要加班的盛遠天來光顧。

餐館裏有一位**女侍應**，年紀至少比盛遠天大十來歲，有着一個很普通的名字：瑪麗，但同時又有一個極不平凡的外號：啞子瑪麗。

啞子瑪麗果真是啞😶的，沒有人知道她從哪裏來，「瑪麗」這名字也是餐館老闆替她取的。瑪麗只負責

傳菜、打掃、洗碗，能不能説話倒不重要，最重要是工資夠便宜。

在這種品流複雜的小餐館裏，客人之間互相嘲笑辱罵，繼而動武，都是家常便飯。

而盛遠天經常成為別人嘲笑辱罵的對象，他沉不住氣，因此打過不少次架。

在這個容易令人**躁動**的環境，一對一打架，瞬間就可以擴展成全餐館的大混戰。但所謂混戰，往往是一群流氓拿盛遠天來發洩，可憐的盛遠天只能**孤軍作戰**，經常被打至頭破血流。只有瑪麗會盡量暗中幫他，讓他從後門逃走。

瑪麗之所以會幫他，大概是因為**同病相憐**。她因為是啞巴的緣故，也經常成為顧客開玩笑的對象。

對於所有**欺負**過自己的流氓，盛遠天都記在心中，發誓一有機會就報仇。而這個機會終於來了，那是某個星期一的深夜，瑪麗下班後在後巷遇到兩名流氓，大概是瑪麗傳菜時不小心打翻了湯，**濺**到了他們，所以一下班就遭到對方報復。

　　瑪麗是個啞巴，既不能道歉，也無法呼救，只有默默
捱打，不斷被他們 **拳打腳踢**。

　　盛遠天剛好路過，還認得這兩人也曾欺負過自己，忽
然想到現在正是報仇的好時機。

為了自衛，盛遠天一直隨身帶着一把長長的**扳手**，此刻立即拿出來，悄悄走過去，從後偷襲。

對方登時痛得大叫，轉身發現是盛遠天，更是怒不可遏，想教訓他卻**手無寸鐵**，不是對手，只好落荒而逃。

早已被打得遍體鱗傷的瑪麗，用感激的眼神望向盛遠天，盛遠天便替她叫救護車。

瑪麗留醫的第二天，情況已經穩定下來，盛遠天去看她，她突然十分**緊張**地握住盛遠天的手，好像有事要拜託他。

盛遠天心中想推辭，但瑪麗已經把一條鑰匙和一張紙塞進盛遠天的手中。盛遠天看到紙上畫了簡陋的**地圖**，顯然是瑪麗的「住址」，再加上那條鑰匙，他幾乎可以肯定，瑪麗請求自己到她的家裏去。

至於去她家裏做什麼，瑪麗**目不識丁**，只能用圖畫和動作示意。她看看四周沒有其他人，便拿起病牀上的**枕頭**，伸手進去，作狀拿東西出來。盛遠天大概猜到，瑪麗要他幫忙回家拿一件東西，那東西就在枕頭裏。

盛遠天心裏嫌**麻煩**，但念在瑪麗曾救過自己幾次，只好答應幫忙。

他依圖畫所示，走進一座殘破不堪的建築物，爬上樓梯，用瑪麗給他的鑰匙打開了住所的門。

那是個無比**細小**的房間，盛遠天走進去後，立即拿起枕頭，伸手進去摸索了很久，才摸到一件東西來。

那東西大小和橄欖差不多，是一個人形的雕刻品，不知道是什麼材質刻成的，看來是屬於中南美洲一帶**土著**的製作。

盛遠天不禁苦笑，瑪麗那麼緊張要他去拿，還以為是什麼值錢的東西，沒想到竟然是一件細小的**雕刻品**。

盛遠天把那東西帶到醫院去，只見瑪麗立即雙手托着它，現出詭異而**虔誠**的神情來，然後雙手遞到盛遠天面前，看樣子是要將那東西送給他。

盛遠天胸前本來就有一條項鏈，掛的是一個骷髏頭，他仔細看瑪麗那件雕刻，比骷髏頭更獨特，便點了點頭，欣然接受這份**禮物**，還當場把項鏈上的骷髏頭換成了這個小雕像。

　　瑪麗似乎很**感激**盛遠天，大概是因為他「英雄救美」，但其實盛遠天當時並非「見義勇為」，只是想趁機報仇而已。

　　接下來的兩天，盛遠天都有到醫院探望啞子瑪麗，可是到了第三天，盛遠天得知那些流氓正籌劃對他報復，他知道此地**不宜久留**，便靜悄悄地離開，甚至離開了美國，到中美洲的巴拿馬去。

從此，他和啞子瑪麗就再沒有見過面。

　　盛遠天也漸漸把這個女子**忘記**了，不過瑪麗送給他的那個小雕像，他一直掛在身上。而當他注意到小雕像有特異之處時，已經是大半年後的事了。

第十六章

守護神

　　盛遠天到了巴拿馬後，在巴拿馬運河區工作了將近六個月。

　　一天晚上，他奉僱主之命，送一封信到一家旅館去，收信人的名字叫韋定咸博士。

　　韋定咸博士是一名探險家，雖然是白種人，但由於長期從事探險工作，膚色看來幾乎和黑人差不多。

　　盛遠天在巴拿馬住了六個月，已很懂西班牙語了。他

去送信時，韋定咸正與一個身形矮小的當地人劇烈爭吵。

盛遠天見到**行李箱**旁，有一個三十公分高的雕像，看起來十分眼熟，就在這個時候，他聽到韋定咸罵那當地人：「你答應我可以找到她的，收了我那麼多錢，現在忽然回答一句『她*失蹤*了』，算什麼意思？」

那人苦着臉，連連鞠躬：「博士，我也沒有辦法。我已經打聽到她在美國一家 小餐館 工作，餐館老闆還替她取名叫瑪麗。」

盛遠天一聽到「瑪麗」這個名字，立刻就認得眼前的雕像了！這雕像和瑪麗送給他那個小雕像一模一樣，只不過**放大**了太多，一時之間認不出來。

韋定咸怒吼：「既然有了她的下落，就該去找她！」

那當地人哭喪着臉，「我去找了，可是她已經不在。據說她受傷進過醫院，出院後沒有回餐館工作，住所也沒交租，從此**消失**了！」

盛遠天聽到了，忍不住插口：「對不起，你們說的是啞子瑪麗嗎？」

那當地人立即轉過身來，神情像是遇到**大救星**一樣，「你知道啞子瑪麗？求求你告訴我她在哪裏？韋定

守護神

咸先生要殺了我呢！」

盛遠天**無可奈何**道：「半年前她還未出院，我就已經離開那裏，再沒有見過她，我也是剛剛從你口中得知她出院後不知所終。」

韋定咸卻非常着急，一手抓住盛遠天的衣服，大聲**吼叫**：「你和她有多熟？快替我把她找出來！」

盛遠天又吃驚又生氣，大力掙開韋定咸之際，韋定咸雙眼突然發直，盯着他胸口，**眼珠**好像快要跌出來一樣！

接着，韋定咸的態度突然一百八十度轉變，向那當地人揮了揮手，放過了他，「這裏沒你的事了，走吧。」

那人**大喜過望**，匆匆離去。

韋定咸向盛遠天作了一個手勢，示意他坐下來，然後轉身在桌上寫了一張支票，遞給盛遠天，「這是你的！」

盛遠天看到支票上的**銀碼**，不禁低呼一聲：「我的天！」

支票上的數字是十萬美金！那時的物價低，這個金額可以在美國南部，買到一個相當具規模的**牧場**了！

盛遠天盯着支票，畢竟那銀碼實在太吸引人，韋定咸連忙説：「這是你的，只要你把頸上那東西給我。」

若是一般人，這時必定一口答應，但盛遠天太**聰明**了，馬上想到：韋定咸一下子就給出那麼高的代價，證明這個小雕像的真正價值**非比尋常**。

他於是果斷拒絕：「不！」

韋定咸登時**暴跳如雷**，怒吼道：「你看清楚，這是十萬美元！小子，你一輩子從早工作到晚，也賺不到一半！」

盛遠天十分鎮定，說：「或許是，但瑪麗給我的這東西，一定不止值十萬元！」

韋定咸重重吸了一口氣，「好，你要多少？」

盛遠天不知道這東西**價值**何在，但他十分聰明地提出：「憑這東西所得到的一切利益，我要分一半。」

盛遠天說完之後，韋定咸盯着他好一會，才突然**哈哈大笑**起來，用力拍了拍盛遠天的肩膀說：「好，我接受你的條件，反正世界第一富翁和世界第六富翁，並沒有多大分別！」

盛遠天**驚呆**住了，因為韋定咸那句話的意思是：

如果一人獨得這個小雕像帶來的財富，就能成為世界第一富翁；若是兩人對分，彼此也能同時成為世界第六富翁！

韋定咸笑道：「你的頭腦很*靈活*，我很喜歡。小子，你放棄了十萬元，可能得到百億以上，但也可能什麼都得不到，甚至賠上性命！你要不要再考慮一下？」

盛遠天從不認為自己的性命值多少錢，所以*毫不猶豫*地說：

韋定咸點點頭，指着盛遠天胸前的小雕像，說：「這個小雕像是從海地來的，當地土語稱它為『干干』，意思是保護，即一名**守護之神**。」

　　盛遠天用心地聽，他指了指行李箱旁那個大雕像，韋定咸解釋道：「那只是仿製品，仿製得還算不錯。在海地的山區住着不少土著，有兩個族是最大的，這些大族都精通巫術，而『干干』就是巫師*權威*的象徵！」

　　盛遠天用熱切的眼神望着韋定咸，等待他講述這個小雕像的值錢之處。

　　韋定咸笑道：「守護之神守護的，是一個傳說中的寶藏。在西印度群島，巫術盛行的一千年間，遠在南美洲各國的重要人物常常*飄洋過海*，請海地的巫師為他們施巫術。這些人全都帶了極貴重的禮物來，而巫師本人認為巫術是天神賜予的力量，所以收到的禮物從不享用，

只會儲存起來，獻給天神。年代久遠，積累起來的各種寶石和黃金，據一個曾看見過的人說，世上沒有一個寶庫能有更多的珍寶！」

盛遠天吸了一口氣，那實在太吸引人了。

韋定咸瞪了他一眼，像是在**告誡**他：別把事情看得太谷易！

韋定咸繼續說：「這守護之神本來由兩大族的巫師每十年一次輪流執掌，在執掌期間，巫師可以享有很多**利益**。不知從什麼時候起，十年更替的制度受到破壞。自從第一次有人利用巫術和武力，成功搶奪守護之神後，這個小小的雕像就一直在**鮮血**和生命之中轉手。兩大族的巫師為了得到守護之神而精研巫術，這就是海地的巫術愈來愈盛行的緣故。

「這個守護神最後一次出現在『**黑風族**』裏，

守護神

而近十多年來再沒有人見過守護神了，所以黑風族的大巫師一直保持執掌者的地位。別的部族雖然很不滿，但黑風族的武士十分**強悍**，打起仗來奮不顧身，所以大家只好忍下來，同時盡一切可能去尋找那個小小的守護神像。」

「那麼，守護神怎麼會在瑪麗身上？」盛遠天問。

「黑風族的大巫師有一個**女兒**，守護神消失期間，他女兒同樣不見了，大家自然猜到，守護神可能藏在他女兒手上。要找巫師的女兒有一點容易之處——為了守住巫術的**秘密**，大巫師的女兒一出世就要服食毒藥，使她一點聲音也發不出來。」韋定咸盯着盛遠天，笑道：「她竟然將守護神給了你，可見她把你看成非常重要的人。」

「但她為什麼會**不知所終**？」

韋定咸的回答令盛遠天大吃一驚：「是不是你辜負

了她？她丟失了守護神，是極嚴重的**失責**，一定自盡了！」

　　盛遠天身子發抖，半天說不出話來。

　　韋定咸拍拍他肩膀，「我們現在要做的，是帶着守護神進入海地的山區；因為執掌守護神的權利之一就是——可以隨時進出那個寶庫！」

第十七章

遠涉險境

隔天，盛遠天就跟着韋定咸離開。他們到了海地的首都太子港後，一刻也不停留，馬上向山區**進發**。

深入山區的第二天，他們遇到幾個土著，韋定咸用熟練的土語和他們交談，可是那些土著不但不回答他，連看也不向他看一眼。

接下來幾天，天色**陰沉**，他們在各種奇形怪狀的植物之中，用彎刀砍出道路來。有一種狹長形的葉子邊緣極鋒利，連衣服也能割破，要是給割到，皮膚會立時又紅又腫，**痛苦不堪**。

又有一種只有指甲大小的小青蛙，停在樹葉上，顏色艷紅，可愛極了。盛遠天想伸手去捉，韋定咸慌忙一下將他推開，說那是中美洲箭蛙，皮膚上的劇毒足以殺死二十人。

有一天晚上，他們在一個小山頭上休息，看到山腳下有土著聚居的村落，鼓聲不絕，火光掩映。韋定咸警告盛遠天不要看，因為若被土著發現有人窺視他們的秘密儀式，一定會用巫術將偷窺者弄盲。

他們這晚睡得一點也不好，鼓聲直到太陽升起前一刻才停止，韋定咸指出巫術和黑暗有直接關係，所以才叫「黑巫術」。

很奇怪，他們一連經過三個小村落，土著對他們的態度還是那樣不瞅不睬。

韋定咸很生氣，他說這兩天經過的全是小村子，那些

巫師也全是小角色。真正的大巫師在深山，還要走幾天山路才能**到達**。

　　從進入山區起，一直到第二十天，他們才到達那個大村落。那裏看來聚居着將近一千名土著，在村中間有一座給人宏偉感覺的圓形屋子，屋頂的草修剪得十分整齊，在草簷下面掛着許多動物乾屍。

　　那時正是**夕陽**西下的時分，他們走進村子，土著依然連看也不向他們看一眼。直至兩人來到那屋子前，韋定咸説：「舉起那個小雕像！」

　　盛遠天**猶豫**了一下，才取出那小雕像高舉起來，然後韋定咸用土語高聲叫了兩聲。不到三分鐘，至少有三百個土著圍了上來，把兩人圍在一個只有三米直徑的**圓圈**中。那個圈有一個缺口，向着那屋子的門口，一個身形十分高大的黑人從屋子裏緩步走出來。

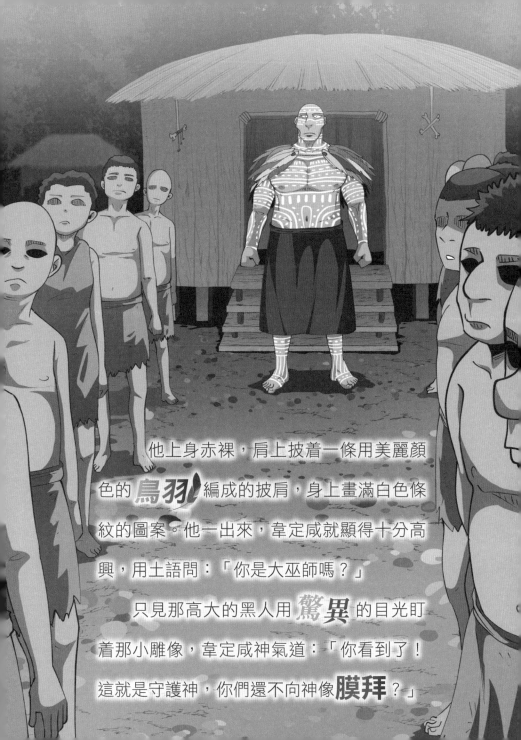

他上身赤裸，肩上披着一條用美麗顏色的**鳥羽**編成的披肩，身上畫滿白色條紋的圖案。他一出來，韋定咸就顯得十分高興，用土語問：「你是大巫師嗎？」

只見那高大的黑人用**驚異**的目光盯着那小雕像，韋定咸神氣道：「你看到了！這就是守護神，你們還不向神像**膜拜**？」

韋定咸和盛遠天以為有雕像在手，土著便會對他們極度尊敬，奉若神明。尤其是韋定咸博士，這個自稱對西印度群島土著有深厚研究的探險家，一直抱着這種*樂觀*的想法。

怎料他的話才一出口，那高大黑人立即發出一下如同狼嗥的*吼叫*聲，一伸手就把盛遠天手中的小雕像搶了過去，然後又再發出一聲怒吼！

那幾百個土著隨即一哄而上，盛遠天聽到了槍聲，他知道韋定咸是有手槍傍身的。

在盛遠天聽到槍聲之際，自己的身子已被十多個人壓了下來。盛遠天雖然強壯，也絕對無法*抵抗*，只能拚命掙扎。不到兩分鐘，他就暈過去了。

當他的神智又恢復過來時，便發現自己和韋定咸都被一種有刺的野藤綁在木樁上，野藤的尖刺十分短，還不到

一厘米，可是上面不知有什麼，一被刺中，就痛得渾身肌肉發顫，冷汗直流！

　　許多土著圍在空地上， 韋定咸不斷說話，聲音之中充滿了恐懼，盛遠天知道他在求饒。

當天色漸黑，盛遠天又看到有三個死了的土著被放在木板上，**排列**在韋定咸身前。那三個土著都有槍傷的痕迹，顯然是被韋定咸開槍射殺。

盛遠天感到絕望了，忍不住**破口大罵**：「韋定咸，你是世界上最愚蠢的王八蛋！」

韋定咸沒有理會他，仍在苦苦哀求。這時，人叢中響起了鼓聲，一下接一下，沉重而緩慢。而那個大巫師拿着一柄手槍來到屍體前面，一鬆手，手槍便掉在地上。

接着，大巫師高舉雙手，臉上神情**詭異**，喉嚨裏發出怪異莫名的聲音，不斷重複着幾個音節。

大巫師跟着這幾個音節擺動身體，開始時十分緩慢，但隨着鼓的**節拍♪**漸漸加快，大巫師身體的擺動也快速到了極點。

忽然之間，大巫師停下來伸出手指，從其中一條屍體

腹部的傷口上沾了一些  血，然後用那手指點向韋定咸腹部同樣的位置。

　　大巫師的手指一碰到韋定咸時，韋定咸發出了一下慘叫聲。那其實只是輕輕一碰，可是手指鬆開後，盛遠天清楚看到韋定咸腹部出現了一個 **洞孔**，看起來完全是槍彈所造成，濃稠的鮮血不斷湧出。

韋定咸的慘叫聲令人毛髮直豎，**撕心裂肺**地喊了一聲：「是巫術！」

這時，大巫師又伸手在另外一具屍體的傷口處沾了鮮血，再往韋定咸身上點去。大巫師手指一碰，竟然又有着槍彈射中的威力，**轉眼間**，韋定咸身上已經有三個「槍孔」，血不斷在流。

「槍中還有子彈，殺死我，求求你⋯⋯別讓我死在巫術下。死於巫術的人，靈魂會永遠在**黑暗**中受苦⋯⋯求你直接殺死我⋯⋯」韋定咸苦苦哀求。

可是所有土著，包括那個大巫師，都只是冷冷地盯着他。鼓聲的節奏也漸漸變慢，而且愈來愈低沉，像是與韋定咸的**心跳**同步，愈來愈微弱，直至完全停止。

而韋定咸的「槍孔」也沒有血流出來了，只冒着血沫，接着頭一俯，就死在他尋找寶藏的**美夢**之中。

大巫師的手指怎會有那樣的力量？那是巫術的力量麼？盛遠天只感到一陣陣昏眩，全身冰涼。

　　在大巫師指揮下，兩個土著把韋定咸的屍體高高掛起來，盛遠天心中一陣陣抽搐，他知道若干時日之後，韋定咸就會變成一具掛在草簷下的乾屍！

　　什麼時候輪到自己呢？盛遠天一面發抖，一面閉上眼睛，等候着厄運降臨到他的身上。

遠涉險境

第十八章

救命恩人

盛遠天緊閉眼睛等待死亡，可是過了很久，身上卻沒有任何感覺。

當他再睜開眼來時，不禁怔了一怔，原來所有人都已經散去。

他深深地吸一口氣，使自己鎮定下來，揣測着發生了什麼事。是不是因為他沒有槍殺土著，所以大巫師不對付他？既然如此，為什麼不放他走呢？把他一直綁在這

盛遠大四面看看，只見土著的屋子全都沒有**燈光**，而韋定咸的手槍仍在地上，那些土著顯然並不重視它。

他想轉頭觀察後方，但身體稍動，就被野藤上的尖刺扎痛，**不由**自主發出了一下呻吟聲。就在這時，突然有一隻手從後方伸過來，捂住了他的嘴。

盛遠天全身**僵硬**起來，幾乎連血液都要凝結了！在他身後有一個人在，對方到底想幹什麼？會把自己折磨至死嗎？

那人來到盛遠天面前，瞪着眼搖了搖頭，似是示意盛遠天不要出聲。

那是一位極**美麗**的土著女子，身材很高，高得和他差不多，頭髮短而鬈曲，看來不會超過二十歲。

那少女鬆開了手，盛遠天立時壓低聲音，盡力令對方明白自己的話：「放了我，求求你。」

只見對方果真取出一柄**小刀**，把縛住盛遠天身上的野藤全部割斷，盛遠天心中高興莫名，先把地上那柄手槍拾了起來，卻馬上感到手足無措。因為他只有一柄槍、幾顆子彈，最多只能在**危急關頭**作自衛之用，卻對付不了那麼多土著，韋定咸就是一個血淋淋的例子。

盛遠天苦苦思索着該怎麼逃走而不被發現之際，那少女已經拉住他，往一個方向急步溜去。

黑暗之中，盛遠天不知道經過了什麼地方，也不知道這少女想帶他去何處，但直覺告訴他，對方既然幫他鬆綁，應該不會加害自己。

他們在濃密的草叢中向前走了半小時，少女就拉着盛遠天擠進一條**山縫**，那山縫狹窄得只容許一人穿過，少女先進去，盛遠天跟着她。

穿過山縫後，內裏是一個相當整潔的山洞，其中一個角落還鋪着獸皮，有一支火把正在燃燒。

盛遠天想坐下來休息，但那少女立刻又帶他穿過另一道更窄的山縫，來到另一個山洞之中。

這個山洞十分黑暗，少女做了很多手勢，提醒盛遠天不能在這個山洞中弄出光來，

也不要隨便走到外面,她明天會再來,給他帶食物和水。

盛遠天看得出事態**嚴重**,所以也認真地點了點頭。外面那個山洞雖然燃着一支火把,但經過狹窄的山縫後,能透進這個洞來的光已經極微弱。

那少女按着他,示意他躺下來。盛遠天躺下後,發覺自己是躺在**柔軟**的獸皮上,那少女一聲不響,就迅速離去了。

盛遠天這時終於能平靜下來,把所有事情想了一遍——那少女一直沒有發出任何**聲音**,會不會是巫師的女兒呢?難道就是那個可怕大巫師的女兒?盛遠天不明白對方為什麼會救他,但直到現在為止,少女都沒有傷害他,所以盛遠天覺得她是可靠的,最好先聽從她的忠告,不要魯莽逃走,萬一被土著逮住就**麻煩**了。

第二天,少女真的帶來食物和水,又向盛遠天做了一

些手勢，大概意思是她會找機會帶盛遠天逃走，而她自己也會一起走，叫盛遠天耐心**等待**時機。

又過了兩天，盛遠天突然聽到一種奇異的聲音自外面那山洞傳來，而且是大巫師的聲音！是那個大巫師在**念咒語**！

盛遠天嚇得摸着黑躲到山洞一角，等了好久，大巫師的咒語聲還沒**停止**。盛遠天握緊手槍，壯大着膽，慢慢擠身進那狹窄的山縫中，直至看到外面的情形才停下來。

他看到那山洞中至少有三四十個土著，全伏在地上，而大巫師則在一具木雕的神像前高聲念咒語。那木雕的神像，看來是守護之神。

盛遠天心中感到駭然，同時有點埋怨啞子瑪麗給了他那個小雕像，害得他幾乎死於巫術之下。

大巫師念着咒，手突然舉起來，手中正拿着那小雕像。他把小雕像放進了大雕像口中，再用一塊木頭塞住大雕像的口，接着又手舞足蹈起來，滿洞的土著這時也站起來，跟着大巫師一起跳舞。

盛遠天不敢再看下去，又回到了裏面的山洞，縮在角落，希望即使有土著進來，也因為黑暗而看不到他。

一直等到完全靜下來，相信所有土著都已經離開，盛遠天才鬆一口氣。

盛遠天本來也不敢走出去，可是天天待在洞裏實在太

無聊，他按捺不住好奇心，悄悄鑽到外面那山洞去。

他看到那具大雕像，它真的和小雕像一模一樣，就是「干干」！

盛遠天看到地上還有一些木頭，便拾起了一塊，利用火把上的火將木頭**燃點**，充當另一根火把，帶進裏面那個山洞去。

盛遠天舉着火把走回去，找了一個可以插起火把的地方，仔細**打量**着四周。

這是他第一次在充足光線下去看這個山洞，在山洞的一角鋪着獸皮，那是他每天睡覺的地方。

山洞並不大，令他**驚訝**的是，左邊洞壁上明顯有着一道石門。那是一片扁平的、比人還高的大石塊，顯然不屬於原來的山洞，連石頭的質地和顏色也不一樣。

盛遠天大感**好奇**，來到那石塊前，嘗試把石塊移

開。可是那塊緊貼着洞壁的**石塊** ，沉重得不是他以一個人的力量所能移動。

直到火把燃盡，盛遠天仍未能移開石塊，只好放棄，躺下來**喘息**着，心中想：等那少女來了，合二人之力，或者可以把石塊弄開來，看看石塊後面有什麼。

到了第二天，少女又來了，盛遠天拉着她走向那石塊，怎知那少女**緊張**地把他拉回來。

少女明白盛遠天想做什麼，沉思了一會，又做了一連串手勢，當時盛遠天還不完全明白她的意思，她的動作好像提到那個小雕像，又提到一個人，大概的意思可能是：她可以打開石門，但條件是盛遠天要和她一起**逃走**，並帶她去見一個人。

雖然不知道少女想去見誰，但這個時刻，不論少女提出什麼要求，盛遠天也會**答應**。

　　盛遠天點頭表示答應後，少女深吸一口氣，從外面拿來了火把，交給盛遠天，自己則用一種十分**怪異**的姿勢，整個人貼在那石板上，雙手雙腳分別抓住和勾住了石板的邊緣，然後不斷向後仰，利用自己的重量去扳開石塊。

　　盛遠天驚恐不已，因為石板這樣*傾斜*的唯一結果，就是倒下來，將少女壓在石板下！

　　盛遠天正想去**制止**她，卻見那石板已經傾斜成

救命恩人

四十五度角，眼看會馬上倒下來，但就在這時，盛遠天聽到一下金屬相碰的聲音，石板就不再向下傾斜了。原來在石板的背面有兩條 **鐵鏈** 連着，這時鐵鏈已被拉得筆直，阻止石板再傾斜。而在石板背後，竟又是另一個山洞！

第十九章

顯而易見，少女那個動作是**開啟**這道「石門」的唯一辦法。

石門打開後，少女將盛遠天手中的火把拿回來，先走進去，盛遠天也跟着，看到洞裏的情景，他整個人都驚呆住了！

那山洞並不大，四面洞壁都有**階梯**，上面堆放着各種各樣的寶石和金塊，數量之多簡直令人無法相信！

盛遠天忍不住發出了一下尖叫聲 ，就撲向前去！

他來到一片碧綠前面，那裏堆滿了祖母綠寶石，是哥倫比亞的特產。

盛遠天略轉身，又看到了一堆堆未經琢磨，但已光芒四射的純淨鑽石原石。

和這些寶石比較，另一邊堆積着數以噸計的 金塊，

幾近和廢鐵差不多！

寶庫——盛遠天知道，這就是韋定咸博士所說的那個

寶庫！

這時他腦裏只有一個想法：盡可能攜帶寶庫中的財寶

離開這裏，回到文明世界！

盛遠天馬上實行計劃，幾天之後，他已經利用 樹皮

編成了一個相當大的袋，那少女也盡力幫助，因為盛遠天

用手勢告訴她，不論她想見誰，這些寶石都很有用，只要

擁有的寶石夠多，什麼人也 願意 來見她！

盛遠天盡可能揀他認為最值錢的寶石帶走，畢竟要在

山中跋涉相當時日，太重負荷會使自己體力不支，但他還

是帶了近二十公斤的各種寶石。

他本來也想履行 承諾，帶那少女一起走的，可是

有一刻，他**靈光一閃**，似乎明白那少女想見的人是誰——一定就是啞子瑪麗！

啞子瑪麗很可能是那少女的親人，少女看到盛遠天有那個小雕像，認定他是瑪麗要好的朋友，她**想念**瑪麗，所以才救下盛遠天，希望盛遠天帶她去見瑪麗。

此事盛遠天實在辦不到，因為韋定咸説過，瑪麗大概已經自盡了，而且可説是盛遠天間接害的。

於是，盛遠天決定獨自偷走，他觀察山中地形，順着**山崖**小心地向下走，當碰到有土著經過，就躲在濃密的草叢中。

那天下午，他來到山澗邊上，由於澗水一定會流出山區，只要順着澗水走就行了。一直走到晚上，他才停下來，把那袋寶石枕在腦後，興奮得幾乎睡不着。當他終於因疲倦而睡着，**陽光**再度使他醒來時，他驚駭得怔住了！

因為那少女就站在他身邊，還用手勢 **質問** 他為什麼獨個兒逃走。

盛遠天知道，如果帶少女去找瑪麗會相當麻煩，萬一瑪麗真如韋定咸所說已經自盡了，而少女又發現原來是盛遠天 **辜負** 了瑪麗的話，那怎麼辦？少女會不會將珠寶收回？會不會替瑪麗報仇，通知大巫師來對付他，使他落得如韋定咸一樣的下場？

盛遠天如今距離富貴之門只有 **一步之遙**，不能節外生枝。他看看四周沒有其他人，便果斷地取出手槍，扳動扳機！

槍聲並不是太響亮，子彈一下子就射進少女的胸口，鮮血不斷湧出來，少女臉上現出 **哀痛欲絕** 的神情，倒了下去。

盛遠天一點也不為自己的行為感到內疚，此刻誰都不

貪財忘義

能阻擋他的 發達 之路。

　　可是他一轉身離去，就感到少女的手緊緊握住他的足踝。

　　盛遠天轉過身來，看到地上有一道 血痕 ，是少女在地上爬過來抓住了他。

「放開我！放開我！」盛遠天低聲叫。

少女神情極痛苦，眼中射出怨毒的光芒，完全沒有放開手的意思，一手緊抓住盛遠天的足踝，另一手指向天，做了一連串極怪異的手勢，然後勉力挺起身來，從自己胸前的傷口沾了一些血，用盡最後一分氣力，將血抹在盛遠天左腿膝蓋以上的位置。

盛遠天立時想起大巫師對韋定咸做的動作，並看到自己左腿被少女手指碰到之處，出現了一個烏溜溜的深洞，不斷有血湧出來！

盛遠天慌忙扯破衣服，把傷口緊緊紮起。這時少女已經死了，盛遠天知道自己很快也會跟著死去，就像韋定咸那樣，血流乾而死。

可是過了一會，血止住了，他還能掙扎著站起來，用一根樹枝去支撐著，繼續前行。

貪財忘義

113

奇怪的是傷口並不痛，也沒有。當他解開包紮的布條時，只看到一個可怕的洞孔，使他不敢再看傷口。

足足走了十天，他才走出山區，來到一個村莊。那個村子聚居的土著是印第安人，態度**和氣**得多。

他們也有大巫師，更會說西班牙語，那巫師看出盛遠天受了傷，願意替他醫治，可是一解開布條察看時，那巫師像是遭受了**雷擊**一樣尖叫：

> 天！這是黑風族巫師的血咒！

看見他如此驚駭，盛遠天忙問：「那是一種什麼樣的咒語？」

印第安巫師説：「是用鮮血施行的咒語，這咒語是無法消解的，將永遠留在你身上！」

盛遠天吞了一口口水：「會死？」

「如果會死，你早就血盡而亡了。看來施咒的人想你一直受苦！」巫師隨即問：「你可曾注意到她説了些什麼？」

盛遠天回答：「她根本不會説話！」

巫師的臉色一片死灰，「她⋯⋯是巫師的女兒？是黑風族大巫師的女兒？難怪懂得下那麼惡毒的血咒！她當時做了什麼手勢？」

盛遠天盡量回想，模仿少女施咒時的手勢。巫師身子發着抖説：「太怨毒了！黑風族的血咒太可怕了！咒

語不但要害你，還要一代代 **延續** 下去。你會親眼看着自己的女兒死亡，你的兒子在你這個年紀時，腿上也會出現同樣的洞，以後每年，在施咒者死去的那一天，就會流和死者相等的血。將來他也會親眼着自己的女兒死去，這種可怕的情形會一代一代延續，直到永遠！」

盛遠天聽得全身發顫，尖叫起來：

我不信！

巫師十分同情地看着他，但對他腿上的傷實在**無能**為**力**。

盛遠天於是離開山區治療，可是找過很多醫生，都治不好他腿上的傷。從山洞帶出來的珍寶令他成了富人，而他潛藏的商業才能又使他的財富**急速增長**，很快變為超級富豪。但是每年當那一天來到，他腿上的槍孔就開始流血……

他不能不相信巫術，甚至親自**研究**，他有了錢，辦起事來就容易得多。而他研究的結果是：血咒是巫術中最神秘惡毒的一種，只有黑風族的大巫師會下。

在研究的過程中，盛遠天也明白了當年他和韋定咸犯了什麼**錯誤**。

原來那個黑風族的大巫師是啞子瑪麗的弟弟，當看到盛遠天手握小雕像時，以為他是殺死瑪麗才得到雕像的，

貪財忘義

便號召土著抓住兩人，想加以**審問**。但韋定咸一時衝動，開槍反抗，以致慘受血咒之刑。而盛遠天沒有殺土著，所以只被綁起來等候發落。

那個救走盛遠天的少女，果然是大巫師的女兒，她想念姑母瑪麗，直覺覺得雕像是姑母送給盛遠天的，那麼盛遠天一定是姑母很*看重*的人，希望盛遠天能帶她去找姑母。

結果盛遠天卻殺了她！

少女立時知道自己判斷錯誤，盛遠天不是好人，不但**出賣**了她，而姑母也可能已遇害，小雕像才會落在盛遠天手中。少女的怨毒因此爆發，在臨死前向盛遠天施了可怕的血咒！

當盛遠天弄清楚這一切時，已經是一年多後的事了。

他花費了大量金錢，買通了幾個巫師，要他們去**請求**黑風族大巫師解除「血咒」。可是得到的回

答是：血咒根本無法消解。

由於不斷 **鑽研** 巫術，盛遠天認識了各種各樣的巫師。當他決定來這座亞洲城市時，一個印第安巫師的女兒愛上了他，願意跟他一起前去。她就是那個樣子很怪的小姑娘，後來成了盛遠天的妻子。她不但精通巫術，還是繪畫天才，小寶圖書館中那些 **畫像** 全是她繪畫的。

他們結婚後深居簡出，商業上的事全交給蘇安處理。

後來，小寶出世了。盛遠天夫婦的心情緊張到了極點，因為那血咒的 **懲罰** 之一，就是盛遠天要親眼看着自己的女兒死亡！

他們幾乎每天都用各種不同的巫術，想消除那個惡毒的咒語。

眼看小寶一天天長大，到了五歲，成為一個人見人愛、**活潑可愛** 的小女孩。

盛遠天夫婦還以為已經**成功**解除咒語了，可是在小寶五歲那一年，就發生了那晚的事！

第二十章

那天晚上，小寶玩倦了回來睡覺，她睡得那麼沉，盛遠天還在牀邊輕輕替她抹去額上的 *汗珠*。

可是突然之間，盛遠天看到那個巫師的女兒出現，雙手勒着小寶的脖子，小寶現出窒息痛苦的樣子。

盛遠天拚命想將巫女雙手拿開，與巫女激烈纏鬥。

直到外面有劇烈的敲門聲，巫女忽然在他眼前消失，而牀上的小寶臉色已變成深紫色，更沒有了 **脈搏**。

盛遠天這時才明白，剛才的巫女只是幻覺，但小寶突發窒息卻是真實的，惡毒的血咒應驗了——他親眼看着女兒死去！

當門打開時，妻子不停打他來發洩，都怪盛遠天惹來的血咒，害死了他們的女兒。

半年後，盛夫人又有了身孕，放在他們面前只有兩條路：不生下這個孩子，或是任由惡毒的咒語持續下去！

不過盛遠天還是不死心，帶着妻子到海地，在那裏和許多巫師接觸過，想盡辦法。

不久，盛夫人生下了第二個孩子，那是個男孩。按照血咒，這個孩子會在二十八歲的那一天，腿上突然出現一個傷口，每年流下大量的血，如果他有兒女，就會親眼看着女兒死亡，兒子也會在二十八歲開始擁有一個永不癒合的傷口……

盛遠天於是採取了十分特異的辦法：讓這個兒子在完全不知道自己身世的情形下長大，永遠不見面，希望切斷了聯繫之後，兒子可以逃過**噩運**。

不僅如此，盛遠天夫婦還想通過一種最兇毒的印第安巫術，來**對抗**黑巫術的血咒。

那種印第安巫術能否對抗黑巫術，他們也沒有十足把握，可是為了兒子，他們願意一試，不惜犧牲性命，於那小石屋中自焚。

盛遠天自然做了**失敗**的準備，委託律師在古托三十歲生日時，去問那個怪問題。如果沒有怪事發生在古托身上，那代表血咒已被解除，古托可以安然繼續過他的生活；但萬一血咒還是**應驗**了，古托就需要知道事情的一切，希望他自己能找出解決方法。

原振俠看完盛遠天的所有**記載**，天色已明，古托

古托吸了一口氣，「我想去見那個黑風族大巫師，或許他有消解血咒的方法，只是當時不願放過盛遠天——對不起，我還不習慣稱呼他**父親**。」

原振俠誠懇地説：「祝你成功。」

古托竟沉聲道：「祝我們成功！」

原振俠聽到了，不禁整個人**跳**了起來，盯着古托。

古托苦笑道：「你是一位好醫生，不會忍心拒絕幫助病人。對嗎？」

原振俠**啞口無言**···。

半個月後，他和古托乘坐私人飛機來到海地的首都太子港，然後憑着一張簡陋的地圖向山區進發，沿途情形和盛遠天記載的差不多。

直到一天下午，他們經過一個小村落，看見路邊坐着一個人，儘管那人的膚色**黝黑**，可是一望便知是白種人。

那人看來大約五十歲，大概因為長期在這裏生活，身上裝束已經和土著無異。

他們感到**詫異**，那人亦很驚訝，站了起來，雙方慢慢走近。那人先開口：「你們……說英語嗎？」

古托立時叫道：「天！果然是**西方人**！」

那人高興莫名，伸出手來，握住了古托和原振俠的手，「到我家坐坐，你們為什麼來這裏？」

原振俠**反問**：「你在這裏幹什麼？」

那人沉默了一下，才說：「家父是探險家，多年之前，他死在──」他伸手向前面**重重疊疊**的山嶺一指，「死在山裏。我來找他，卻迷上了這地的巫術，於是住下來研究巫術，已經有二十多年了，而且很有成績！」

那人的住所和土著的**茅屋**一模一樣，原振俠和古托看到了他所講的「成績」，那是一疊厚厚的稿件。

那人請古托和原振俠坐在乾草上，給他們一種帶點酸味的飲料。原振俠**小心翼翼**地問：「令尊是探險家？請問——」

那人**震動**了一下，望着原振俠，「沒錯，你怎麼知道？我的名字是馬特，馬特・韋定咸。」

原振俠和古托也介紹了自己，然後古托嘆了一口氣，「當年令尊遇到的不幸，我也……是受害者之一。」

馬特現出不解的神情，古托便撩起了褲腳，把腿上的那個洞呈現在馬特眼前。

馬特驚呼了一聲，身子發抖，「血咒！只有血咒會造成這樣的結果，你……做了什麼？」

古托淡然道：「我什麼也沒做，只是我父親殺死了黑風族大巫師的女兒——」

馬特立時接了下去：「還盜走了黑風族寶庫中的一些珍藏！你的父親，就是當年和我父親一起到這裏來的那個中國人？」

古托點了點頭，馬特也冷靜下來，提出忠告：「古托先生，如果你冒險前來是想解除血咒的話，那我勸你在未曾見到任何黑風族族人之前，趕快離開吧。」

馬特惱怒起來，指着那疊文稿，「我的研究是人類有史以來對巫術最**詳盡**的解釋！」

原振俠不禁好奇地問：「那麼你的解釋是⋯⋯」

馬特深深地吸一口氣，「我們四周充斥着各種能量，而巫術就是利用特定能量去達成種種**目的**之方法！」

原振俠忍不住冷笑一下，馬特**激動**起來：「別笑！人類對各種能量所知根本不多！過去人類有相當長久運用機械能的歷史，但運用了電能多久？才兩三百年。運用核能又有多久？才一百年左右！」

馬特這番話很有道理，宇宙之中自然存在着許多未被發現的能量，人類對它們**一無所知**。原振俠一想到這一點，自然而然收起了輕視的態度。

馬特繼續説：「運用各種不同的能量，有各種不同的方法，而巫術正正是運用某種**特殊能量**的方法！」

古托愈聽愈感興趣，「我可以讀你的研究結果嗎？」

「當然可以。」馬特樂意地將他的稿件遞給古托，「有些巫術的確可以用另一種能量來抵銷，可是血咒的話……恐怕連大巫師也**無能為力**。」

古托一邊看稿件，一邊苦笑道：「那我最多不生兒育

女，該可以使咒語在我身上**終止**了吧？」

馬特想了一想，「應該可以，如果你下定決心切掉一條腿，説不定問題就解決了。不過也很難説，因為這種能量始終在你周圍，就像個充滿復仇意念的**鬼魂** ！」

原振俠禁不住提問：「巫術既然這麼高深複雜，到底由誰發現的呢？」

馬特嘆了一口氣，「我也想過這個問題，人類史上這種沒有答案的事太多了。可惜我沒有研究資金，無法進一步揭開巫術的**奧秘**！」

古托一聽到馬特這樣説，雙眼立時射出異樣的光采，「錢，我倒是有。」

他又説：「而且我早已打算終我一生去研究巫術。我們可以**合作**。」

「那太好了！」馬特興奮道：「那就可以購置許多儀

器來調查，比如從各族巫師的施術過程中記錄能量變化，

還有巫師的腦電波變化……」

　　古托連聲道：「好！這個 **研究所** 不如設立在海

地，可以請到更多巫師來！原，你要不要參加？」

　　原振俠笑着搖頭，「我還是回去繼續做醫生。希望你

們能把神秘的巫術 **科學化** 。」

　　古托和馬特一起笑了，笑容

中滿是信心。當然，信心是一回

事；能否達到目的，又是另一

回事。而整個故事中，盛遠

天最 **可悲** ：他有了一

切，卻失去了快樂。人

生追求的，究竟是什麼

呢？

原振俠系列 少年版 03 血咒 下

作　　　者：倪匡

文 字 整 理：耿啟文

繪　　　畫：東東

責 任 編 輯：林沛暘

美 術 設 計：張思婷

出　　　版：明窗出版社

發　　　行：明報出版社有限公司
　　　　　　香港柴灣嘉業街18號
　　　　　　明報工業中心A座15樓

電　　　話：2595 3215

傳　　　真：2898 2646

網　　　址：http://books.mingpao.com/

電 子 郵 箱：mpp@mingpao.com

版　　　次：二〇二四年六月初版

Ｉ Ｓ Ｂ Ｎ：978-988-8829-27-9

承　　　印：美雅印刷製本有限公司